走过记忆

刘海星

商务印书馆

自序

诗是时光之衣的纽扣。解开、扣紧，生命之体便与周遭有了关切，冷暖、快意、沮丧，常常在这一扣一解之间凝聚、消散。摩挲久了，不觉得纽扣的存在，甚至，失落一两颗也不太在意。是的，从离不开它到习惯它，已浑然不觉，也许有一天，我们打开衣橱，抖落一件一件衣服，上面大大小小的纽扣，好像是一段一段生命的见证，会猛地唤醒你的记忆，那样醒目，让你端详很久。

真的不记得从什么时候开始用诗表达自己的感受，我是说用自己的诗。但我仍然记得第一首诗脱口而出时的那份惊诧。从那以后，我便习惯用诗歌来思考，这是让我愉悦的。打开生活的秘密，揭示事物的本质，优美而凝练的诗句，简直就是上帝的启示，有这样的感知，又如何不对诗歌如痴如醉呢？有人说“诗人的癫狂状态，一定是他看到了什么？”是什么呢？

记忆是私人的，是个人经验的获得和提纯，同时，个人的记忆又深刻地投射着群体和历史的影子，是一种经验的获得与共鸣。或许，这样的记忆会有很大的欺骗性。而个人的记忆，就是对集体和历史的记忆做出的一种纠正，甚至是具有挽歌气质的沉思。在记忆的面前匆匆走过，那不经意中留下的片段和感悟，常常成为我们的生活坐标，告诉我们生活中发生过什么。记忆对我们如此重要，然而，我们又能记住些什么呢？

在古波斯，诗人是神明的解释者。当然，在当下，诗人已不能承担如此重任。但是，这并不能说诗人就没有了神圣和崇高的追求。诗人，是对社会、人生、自然的感悟者。对语言的天生敏感，使得他开创着语言表达的各种可能性。人类一切的感受，用最为简洁的词语，去建构、理解和诠释，成为时代的情感体验，穿越时空，成为人类共同的生命体验。这样的纽扣，维系着人类的情感，扩大着人类的认知。

每一位诗人也许都想象过写作出这样的诗句，制作出这样的“纽扣”。可能这也并不是最重要的，我的收获在于，常常在不由自主的状态下写出一些诗句，那种愉悦和惊诧，已经成为我生活中令人欣喜或是令人沮丧的一部分。我爱这样的状态。

布罗斯基说“诗歌是对人类记忆的表达”。问题在于，我们个人的记忆能成为人类共同的记忆吗？无法预知的期待，也许正是诗歌的隐秘和魅力吧。

刘海星

二零一三年八月八日

目录

行走

刺 痛

端详

呼 吸

行走

不知道，墙上移动的影子
是不是，时间的话语

梦想的诞生

观伊朗奥斯坦-穆罕默德-法尔希奇扬细密画《梦想的诞生》

“我以为，没有头颅的地方

才会产生梦想”

这是你的画给我的第一印象

曼妙的线条都引向那双脚

一双女人的脚

粗大的骨节，丰满有力

站在地上，稳稳的

时间之鞋走丢了

一个长嘴饶舌的仆人

到处传说鞋的沧桑和喜悦

就是不说在早春

溪水濯足的欢快

“哎，有一只松鼠惊吓了我们

那一双赤脚，像麋鹿在林中翻跳

连鸟儿都伸出舌头看着她飞速奔跑”

梦想的空间一定很大

画面是蓝色的

比蓝色更丰富

加了赭石色

沉稳又梦幻

飘逸，那是神仙微微颌首的风采

你故意不画女人的头像

连《蒙娜丽莎的微笑》都不要

只要永恒的梦想

没有具象的头颅

以不可言说胜过千言万语

让每一个大脑生发奇想：

“我，就是梦想的的创造者”

在记忆的前面，走过

2012 年的一天

我来到这里，波斯波利斯 ❶

2500 前的遗址

搜寻词汇，描写，记忆

蹲在地上的残石断壁

像喉结，随着呼吸上下蠕动

只听到，久远的声音随风聚拢

又走散

遗址门前的礼品店

天上的云从窗前经过

我的面孔和这片云贴在一起

马赛克似的皱褶

此刻是真实的

❶ 波斯波利斯（希腊语意为波斯的都城）是波斯帝国的中心，公元前521——前486年，大流士大帝统治期间，用了150年修建，是波斯帝国的礼仪、庆典之都，专司拜神、藏宝和向属国展示国威之地。公元前331年，亚历山大大帝将这里的珍宝洗劫一空，放火焚毁。

我买了一瓶可乐

老板还找了零钱

手里拿着可乐

在这个古老的遗址间转悠

听到四面八方的声音，聚拢

又走散

残石断壁

一声不吭蹲在地上

无法和它们交谈

2012 年的一天

我来过这里

这一天，在日历上

一定记载着很多的含义

而我，一个到访者

在记忆的前面，走过

停留

在伊朗克尔曼美术馆一幅油画前

看到这幅油画的时候

我本能地把头转了过去

画家用咖啡色和焦茶色画满深暗的天际

山峦隐约在戈壁上漂浮

在他的记忆深处

饥饿的黎明又冷又黑

黑暗中

那个比羊群略高些的牧羊人

是那样疼爱他的羊

手中的牧羊鞭轻轻地晃动着

仿佛在说

“瞧，你又走开了

别只顾着低头吃草”

羊群停在他的身旁

“我和你们一起寻找草和水源”

他对羊说

“那是你们的生命

你们也是我命中的天堂”

他赶着羊上了山坡

山峦被奔走的沙石拉出一道一道白痕

凛冽的寒风吹弯倒立的笔触

像心中的疼痛挤上眉头

羊群颤栗地缩成一团

蜷曲的羊毛沾了很多的沙土

画家一定是绝望了

画面越来越黑

在这无情的土地上

哪里是可以栖息的芳洲

哪里又是黑暗开启的天窗

我拒绝看这幅画，将头扭向一边

可是这黑色的画面太大

只要你不离开这个画室

就无法忽视它的存在

我又走近画面，仔细端详

我讶异，画面中有一道褐红色的弱光

那是晨光，是早晨的地平线之光

正一点一点

一层一层漫过牧羊人和羊群

它们被这道光唤醒了

交头贴耳

咩咩地呼唤着

所有的眼睛都望向了画面之外

战争的记忆

你打开影集，让我翻看照片

一组有关战争的

记忆，没有废墟

却如幻梦

在时间的深处扫描

叠加新的图像

打开首饰盒

晶莹的珠链

带出阵亡军人的名牌

白皙的颈项上血管突突地蹦跳

来到厨房

打开冰箱，拿一瓶牛奶

一只军用水壶静静地立在一旁

于是，转身，回到餐桌

餐盘上印着小花

刀叉整齐，一把匕首血迹鲜亮

真是吃不下去

抽根烟吧，混乱的思绪需要清理

咦，烟盒里怎么会有一颗子弹

尖锐的一端竟对着胸膛

“蒂娜，快起床，你不是想和妈妈做游戏吗”

“妈妈，我昨天玩你的电脑

你的抽屉里还有一把手枪”

你和我讲述这些故事很平静

不奇怪，你是外国人

你接着让我看照片：

一位少女的眼睛满带惊悚向外打量

一双手按在血色迷蒙的玻璃门上

是你吗？陌生人

这时，沙尘拍打着风声

像是提醒我们要关好门窗

噢，你知道吗？

现在孩子们的游戏

常常是在大炮上比划

看看，这幅作品

男孩站在大炮上，他的手臂快和炮管一样长了

“广角镜头的好处

就是可以适当地夸张前景

把背景推得很远”

你吐了口香烟，笑着说

我们的聊天不就是生活的前景吗？

在华沙听露天肖邦钢琴演奏会 ❶

烈日，赶着马车滚滚而来

鸟儿在 C 调上鸣啾

风，从方向的边缘伸出双手

树叶侧耳，沙沙的和弦起伏

是我熟悉的家乡吗

星星沉思

一座废墟的城市

秃鹫盘旋，断木之下

上帝的伤口无法阅读

虫鸣隐去了

哪一只鸟最先醒来

❶ 每年夏季的周末，都会在华沙瓦津基公园举办肖邦钢琴演奏会。历史上，波兰就是一个灾难深重的国家，多次被瓜分，它的国树就叫“哭泣树”。公园里，肖邦的塑像上方，一丛哭泣树叶覆盖着，他的脸侧向右边，深情地凝望他的祖国和人民。华沙在二战期间，几乎被摧毁了 95% 的建筑，变成了一座瓦砾之城。无论命运把波兰人民抛向何处，他们都在肖邦的钢琴曲中重新站起。

哀恸吧，波兰

你的苦难长成了永恒的苦泣树

命运的脸朝向旷野与河流

绿色在浮游，光斑跳跃

长发从肩头滑落

孩子们嬉水

古老的城市在你的弦律中复苏

人们自由地散落在你的身边

聆听

一个巨大的幸福

一滴垂下的眼泪

在指尖，汇集

在克拉科夫 1

我给你倒了一杯红茶

给自己也倒了一杯

低头看卡佛的诗

看他的温情和不如意

窗外，就是购物中心

阳光，把玻璃幕墙上的不锈钢钉

拉成斜影

眼睛走上几步，就是蓝天

天气预报不准

克拉科夫今天无雨

❶ 克拉科夫，波兰唯一的一座没有毁于战火的城市，建于12世纪。离克拉科夫90公里的地方，就是臭名昭著的奥斯维辛集中营，在那里，300万波兰人、犹太人、吉普赛人被杀害。

下午，参观奥斯维辛集中营

三百万张无脸的面孔在晃动

玻璃幕墙很年轻，云朵若无其事

有轨电车单向行驶

身边的人，在用手机发照片

“这是十二世纪的老城，很完整”

整点差五分，教堂的钟声响了

掏出几个硬币，在街头艺人的面前

听着熟悉的乐曲

抿了口红茶

唇间，一种熟悉的香味

纳吉，站在这里

俯身，想写点什么

蓝天和白云覆盖

倒影，桌上的电话手柄，静默

指尖移动

滑过一行汉字

左边是布达山，皇宫和渔夫堡

匈牙利语或英语

没有人对我说这些

只有风景，多瑙河在游弋

我固执地寻找故人

纳吉，一个熟悉的名字

走过三个街区

他像一位教师

微微侧身，宁静安详

前方，国会大厦，四十八座尖塔

落日在栖息

架上一副眼镜

这样，可以看得更远

然而，他的继任者对他说：

“你的改革和主张，早了二十年

你，必须死”

这里留给他一块三角形绿地

他站立在泛着青绿的铜桥上

桥面凹凸不平

有很多闪光和暗影

鸟儿落在他的肩上，扭头张望

听到耳边咔嚓一声

相机记录了这个画面

我起身，摸了摸他的袖口

他好像在说：问题在你那里

我这里，没有答案

纳吉，站在这里

这，已是全部

雨中走出教堂

雨水在街道上涨潮

蜘蛛爬向屋檐

旋转的风裹挟

教堂，尖顶的隐士

所有的雕像

看着我，跪下

举起沉默，虔诚滑落

越积越高，四面冰冷的墙

一些雕饰在滚动

我迷失在怎样的话语里

救赎，那些烛光在摇曳

向神像伸出手臂

指尖弹出一串问号

灵魂的背面，谁能看清

滑动脚步

移向教堂大门

一刹那，拥挤的光剪开我

晕眩，揣着上帝，走进雨中

雨，在宣谕

从天空的嘴里落下

我挡了挡雨

快速地移动，移动

在伊朗的基什岛

视网膜突破边界

鱼在礁石下嬉戏

情绪斑斓，浪花熟视无睹

落日渐渐失血，滚进草屋的门框

一个孩子站在海滩上宣布

大海的晚宴，不用请柬

我有些失望，天边

没有晚霞

黑暗蔓延

戈壁滩上，羚羊

停下身来，远远地盯住

我们，开着汽车的闯入者

像是在聆听

忽然转身奔跑，很迅疾

一路向西

去往亚兹得的路上

司机给我看他的手机

屏幕上一位帅气的小伙子

他说，那是他的兄弟，一同上战场

在伊拉克边境，雄鹰折断了翅膀

他带着滴血的羽毛回到家乡

自那以后，他喜欢哼唱

“阿拉，阿拉”

穿过戈壁，路过一座清真寺

整点差十五分，祈祷的时刻到了

真主在上！

我在窗外偷窥

思维像一块错置的魔方

等了很久，四周笼罩凉光

喇叭声停了，人流涌出

司机一路小跑回到车上

他叽叽咕咕，一脸歉意

我们继续赶路

夕阳拉出的黑影，投射在车子的右后方

我问他

“若是在战场，祈祷的时候

是不是就不开枪”

波斯波利斯的铜版画

一声惊讶

跌倒在废墟的入口处

裂痕横过波斯王的脸颊

凝固的舌头粘住晨报：

“日出的时候，有万国使者朝拜

大王的威仪，世界众望归一”

铜器暗淡无光

光阴泛着青绿

国王睡了两千多年

伸了伸懒腰，一声哈欠

该上朝了

群臣躬身执杖

双头鹰目光锐利

画框一角，两位侍者私语

“大王的鹦鹉学了一支新曲

皇后喜欢将军，英俊朗逸”

罗马大军东来，一切都化为灰烬

那已是久远的故事了

把它挂在门厅

一个异国他乡的手工艺品

开始，出门的时候还会看看它

渐渐地，对它也是毫不在意

就像皮鞋，穿过一阵

擦鞋，已提不起任何兴趣

黑天堂

——看泰瑞辛集中营❶儿童画展

裸飞的鸟

扎进空旷的庭院

黑色血迹凝固

眼中干枯的泪斑

妈妈，我冷，你让那飘飞的雪花

覆盖我吧

昨晚，我梦见你们了

你戴着白头巾，系着花围裙

早餐桌上没有牛奶和面包

靠在你身边的人是爸爸吗

他，怎么没有头呢

❶　在捷克首都布拉格，有一座建于 1479 年的平卡斯犹太教堂，第二次世界大战以后，成为纪念大战期间死于纳粹之手的犹太人的纪念馆，墙上刻有八万名遇难者的名字，并收集了关押在泰瑞辛集中营的少年和儿童画的 4000 张画。被关押的 20000 名孩子仅有 200 余人活了下来。

他们叫我们看杀人

逃跑的人，不听话的人

吊在那里，鞭打，浇冷水

冻成冰挂

没有人敢说话，没有人敢晃动

没有人……

在泰瑞辛集中营

我画了一座天堂

黑黑的房子，厚厚的墙

铁栏杆是扭曲的，像水中的窗

我可以游出去，摸你的眼睑

和你凹陷的眼眶

弟弟妹妹们都睡着了

不，他们都穿着白色礼服

在爷爷的葬礼上，天使般吟唱

通向这座黑房子的阶梯好宽呀

每个字：我，每个词：我们

都在向下

教堂的阶梯向上

镶嵌八万个名字

那是犹太教新的铭文

你轻叩石壁吧

那是我们的头骨

发出的声响

卡夫卡的故居 ❶

卡夫卡穿戴考究地站在镜前
把黑亮的头发
向后拢了拢，拎起牛皮公文包
上班，贴着街道的边缘

挣钱才是全部的尊严
你是犹太人，广场中心的圆钟旁
一座耻辱的雕像在摇晃[2]
一切都在摇晃
教堂、波希米亚人、查理桥
碎石路消磨四季
噢，还有城堡，那座高高在上的怪兽
它在变黑，变得血红

[1] 弗兰兹·卡夫卡，捷克作家，犹太人。

[2] 布拉格旧市政厅旁的钟楼是老城的地标，钟楼上的大型天文钟有四座石雕，其中一座是象征“贪婪”的犹太人。此钟距卡夫卡出生地仅 50 米。

伏尔塔瓦河的风是你的手指

轻柔盈盈，你的长发被晚霞点燃

羞涩堵住咽喉，我

无法倾诉

把我的手稿烧了吧

人们迷醉金钱

一个变形的时代

痛苦多么奢侈

卡夫卡的预言很好辨认

塑像、招贴和门票

走进你

一页页打开的书稿

有些抽屉被关闭

我一点也不好奇

轻轻地走过房间

不知道，墙上移动的影子

是不是，时间的话语

在博斯布鲁斯海峡的要塞

古堡

是一座数百年前的要塞

条石垒成城垛

中间曾藏满甲兵

一排铜炮沉默

这里天蓝，蓝得很高

海峡窄窄的，有轮船通过

向它招手，没有回应

只好自己坐下来

写上几句诗：“博斯布鲁斯海峡

是一张蓝色书签

插在伊斯坦布尔古老的羊皮卷”

一群女孩子聚拢在树荫下

她们说，不要在这样斑驳的墙前合影

我们都伸出 V 形手势好吗

“成功、胜利，总之，我们考试完了”

留下邮箱：啊，伊朗、土耳其，还有苏丹

我们在一起，很好的

我来自中国，那里也有比这儿更长的

城垛，有一万里长

“你们那里，战争的历史也很长吧？”

我很尴尬，正好，手机响了

“对对，我站在这里，亚洲和欧洲的交会处”

“是的，要塞在左边，就是欧洲”

“可我的对面也有要塞，

那是亚洲还是欧洲？”

左边和右边

战争就像风暴，留下一些可怖的美

涅瓦河，一位多情的诗人

那个女人

斜倚在涅瓦河的桥栏杆上

看着前方，好久，

她的头发迎着风

颤动了一下

夕阳，从她的身后滑落

平静的桥面上，磨得光亮的圆石头

尼古拉一世的马车踢踢踏踏地驰过

在一场阴谋和暗杀中

他的鲜血在河面上散开

化成一座滴血的大教堂

她一直在看水，没抬头

水纹好像她的心思

缓缓地摇晃

她似乎想起了什么

理了理头发，站直身走开了

大教堂的灯光斑斓

倾泻而出

此刻的涅瓦河像一位多情的诗人

沿着岁月波痕

无声地吟诵

“我的诗名该归功于她——

甚至我的灵感的浪潮”[1]

[1] “我的诗名该归功于她——
甚至我的灵感的浪潮”摘于普希金《给 M.A. 葛利金娜君主》

巴德冈 1 印象

乌鸦和鸽子是自由的

广场上，与孤单的国王一起

在蛇盘石柱上瞭望

国王并不富裕

把神庙修在皇宫门口

“神哪，给我多一点保佑，你看，我的虔诚

永远跪倒在你的脚下”

一条蛇怎能保住江山

国王改姓了，面目犹如斑驳的石墙

善男信女

送上大米、鲜花，还有承诺

与鬼魅一同参悟

众神捻动光的魔杖

神态安详

❶ 巴德冈，建于13世纪初，尼泊尔马拉王朝首都。现为联合国历史文化遗产保护地。

夜半的钟声心事重重

乞讨的孩子伸出双手，“饼干，饼干”

离神最近的地方，修建了一座仿古酒店

生意兴隆

一尊石像悄悄耳语

“黄昏，在皇宫的门前

卸下了太阳”

大海，总在我身边

大海，总在我身边
无论我向前还是向后

向前走
大海在我的右边
向后走
大海在我的左边

我们永远看不到
大海在自己的身后

面朝大海
每个人都想张臂拥抱
因为它宽广、浩瀚
没有人会拥抱一根针
尽管它和人类相伴最久

你会走入大海

但你见过谁

曾经走出大海

走在沙滩

大海总在身边

太阳总在温暖你的前胸

晚霞总在抚摸你的后背

大海，永远不会在你的后面

问

我伫立成一棵树

天地遥远

那么苍凉

要在这天地间走多少回

雷电，才能成为知己

我长久地难以自抑

刺痛

时间的脚步，整齐
人心的脚步，错乱

下一站，下一站

雨点打在窗栏

声音持续敲击

隐喻在恍惚的黑夜中扩大

下旋的风，从门缝里

找到一方松软的枕头，吹起

一根羽毛

蜘蛛在天花板上

结网，颤颤巍巍的蚊蝇

痛苦，一件公开的纪念品

钉在原处

周围静默，世间的话无人领会

天哪，我为什么找了一个如此累人的差事

萍水相逢总是泛泛之交

一张车票，到下一个终点

它不是目的地

闹钟是准点的，过了六点半

继续向前，马上就是七点差一刻

使劲眨了眨眼睛

头脑打了个激灵

把晦暗的记忆忘干净

墙上的照片在向他微笑

令人尊敬的风度和制服

视线退去，墙壁退去

阳光踩着碎步

门口的阶梯在上升

拎包出门，地铁站人头拥挤

一切都不太坏

漆皮鞋子发出吱嘎吱嘎的声音

踩在脚下的命运听到呼吸

一深一浅，合着人流

向前涌动着，隧道里的灯光

时明时暗

仿佛说着“下一站，下一站”

生活在独自换挡

背景远去

无法谈论月亮和潮汐

一阵风吹来

窗户啪的一声打开了

没有多少光线进来

一地待洗的衣物

玩具和奶瓶

哭闹驱赶耐心

厨房又在漏水

蟑螂自由寻觅

时间能证明什么

生活在独自换挡

倒车镜里，车龙缓慢蠕动

一堆望不到头的顿号

楼上搬来了新邻居

高跟鞋走进我的耳轮

吵闹、尖叫、喧嚣

宠物猫偶尔会对我微笑

迷糊了一夜

沉甸甸的梦变成了一个

小小的逗号

七点的闹钟大作

光线从窗帘缝中挤进来

在对面墙上开了一个口子

我热了一杯牛奶

吹了吹泛起的泡沫

它转了一圈

又转了一圈

开车上路

天空总是变换心情

我换了一下挡，跟在前面的车后面

紧紧地跟着

在下一个路口转弯

就是这样，下一个路口

雾霾

这是个打猎的好天气

无数猎人辨认立方体身子和尖顶头颅

目测距离，在忍耐中移动靶心

平流层如一个巨大的飞艇

和地面构成一个狭窄的空间

喧嚣被吸走，静谧到来

阅读城市表情

词语单一：雾霾，免费的保险箱

存放所有的秘密

天际线像一张书签

卡住昨天的记忆

翻过晴朗的天空

这一天，中关村书城

有人在签名售书，被打了耳光

打人者说他“汉奸”

他写了一本书《全世界人民都知道》

这个人眼大，嘴辣

出门的时候，揉了揉眼睛

不要说人们缺少想象力

这一天，有人戴防毒面具上班

有人在练习憋气

网上热卖防霾口罩

空气清新器前，宠物猫早早占位

它知道，稀缺的资源一定很好

这一天，报纸创新报道

“本周少雨，谨防‘霾’伏”

坐在阴影中的农民工兄弟

一位农民工兄弟
拿着安全帽
坐在阴影里敲击

鼓点的节奏
由慢到急
好像耳熟的安塞锣鼓

他为什么来到这里
三伏天
在霓虹灯闪烁的光影下
鼓点由缓到急

他坐在阴影里
在一块水泥铺成的场地上
敲击
鼓点越来越急
高楼的影子也变得迷离

凉风初起

他把安全帽夹在裤裆

点起一根烟

看不清他的表情

他坐在高楼下的阴影里

关于时间

时间流逝

死神在幽深处打着暗语

堆积着贫穷和富贵

约等于，一双眼睛的距离

时间的脚步整齐

人心的脚步错乱

谁能对黑夜命名

谁就掌握了时间

谁，是谁？

住在山里

在山里，空气、树木、飞鸟
都是习以为常的邻居
山有多高，山有多大
我一直喜欢我的无知
在很大的空间
保有心中许多秘密
我的慵懒、疼痛，还有小小的喜悦
和家人在山里絮絮叨叨

只走一条路
从家门沿着平缓的道路
到稍微高一点的地方
看看落日，听听鸟叫
有时，也会在树荫下小憩
对山林说上几句

一位邻居对我说

你上过山顶吗

我说，你确定你登上的就是山顶吗

邻居被我问哑了

他是教授，这是一道哲学命题

住在山里

最大的好处就是随意

月光不请自到

星星斜挂屋角

洪水下山，气势很大

没过多久，长出蒿草

青青漫漫的绿地接着山林

绕着水道

我总是重复地走一条小路

不想看清这山的全貌

空空落落的村庄

风从西头

刮向东头

风

问候蹲在门槛边的老人和孩子

一条狗，斜躺在透过树枝的光影里

懒懒地看着风

翻卷院中的枯叶和屋檐下的蛛网

知了的鸣声

很响

很热

很近

空空落落的村庄

很老

很旧

很远

村外地里的玉米秆

直愣愣地

被风拨弄着

发出刺啦啦的声音

我是一条进化得比较成功的狗

我会像他一样写诗

因为，我比他痛苦或者幸福

这些都不重要

只是，我的舌头更长

需要伸出长长的舌头

散发体内的暑热

是的，你现在才知道我是一条狗

一条进化得比较成功的狗

只要有风就会流泪

只要抬眼

就会对着痛苦和快乐狂吠

四处闲逛

寻找自己和别人的感情

伸出长长的舌头

散发心中的暑热

我只是一条

进化得比较成功的狗

两道墙

一个千年古村
有两道墙
一道是明朝的
一道是清朝的
两道墙彼此对望了几百年
隔着窄窄的一条小巷

雨水和风尘在上面走过
已看不出明朝的颓废
或清朝的衰败
没有人关心这两道墙的存在
只有斑驳的墙缝里长出的青苔
让好奇的旅行者
沉默不语

窗外的老树

从山里移来的一棵老树

身上插着营养袋

老树站立着

脚下还有一些山里带来的泥土

蚯蚓很快就找到了新的栖息地

阳光中一群淘气的雀鸟

踮着细细的小腿

在它的胳臂上走来走去

也许月亮和老树相识

常在它的肩头歇息

夜色紧紧地缠绕着它

从老树身上摇落几颗星星

淡淡的雾霭在老树周围合拢

伤疤和苍苔布满老树的周身

风打量着它

一秋一冬一春

就这么站着

营养袋瘪瘪的

我想，这棵老树没救了

会被当柴烧掉

一天，又路过这棵老树

它活了，长出了一身青葱的叶片

我好高兴

拍这树身

可我拍到一颗钉子

钉住的是串串绿色的塑料花

老树黯哑

截断的手臂伸向空中

今天，这个母亲被送去劳教

多年前，一个十一岁的女孩
被带到按摩房
屋内散乱着拖鞋、烟头和空酒瓶
几个威猛的男人
狰狞地轮奸了她
W 嘶叫和眼泪刺激着强暴者
紫红色的手臂像吐着信子的毒蛇
死死地缠住弱小的身体
所有的血管都被拧紧
不再向心脏输氧
昏厥，暂停了恐怖的中场

三个月，一百天
应该有太阳天吧
好像一个季节还没有过完
一百多个嫖客
终止了少女一生的梦想
她再也不能做母亲了

当母亲找到她的时候

呆痴的目光搜寻妈妈身后的阴影

她想躲藏

躲在太阳照不到的地方

妈妈要为你喊冤

妈妈要为你喊冤

那些禽兽，不能逃脱

要让他们遭雷劈

要让他们在地狱里做万世的鬼

让妈妈的血淹没地狱

让妈妈的肋骨做地狱的门窗

这是一个疯婆子

这是一个疯女人

一伙代表组织的人做出决定

这个纠缠政府的女人扰乱社会

应该送去劳教

可是，谁又知道，母亲的胸膛

到底能装下多少悲鸣和凄凉

这血肉做成的门窗

冷空气，一望无际地南下

冷空气一望无际地南下

撕开密闭已久的阴霾

雪花裹挟着凝雨

让城市和田野泥泞

惨白，连绵纵横的惨白

每一道撕裂的沟壑

都覆盖着冰冷的硬痂

城市里的人

奔走相告

终于迎来了初冬第一场雪

蒸腾的暖气飘出房顶

妖娆中

城市如此地鬼迷心窍

那一个冰结的刻度被保持在气象台

无人理会

那个在寒冷中终止的生命

也无从知晓

我听到，电视台预报

冷空气继续南下

那一望无际的视线

继续延伸

不再心跳

墙纸和干树枝

墙纸上站立着一排白桦树

从第一棵到第五棵

都是一种姿态

我坐在墙角的沙发上

看着这几棵白桦树

很安静的阳光

透过窗帘，没有停留

寂静

躺在书架上的词典里

腊梅花开的时候

我剪了几枝

插在木头花瓶里

在印满白桦树的墙纸旁

新鲜的腊梅花被冷落了

待花干枯，我惊讶

腊梅花枝和白桦树干

这样和谐，甚至，还有几分相像

晚上，灯光投射腊梅的枝影

三重影像，在眼前，定格

今夜 有沙尘暴

胡杨林

伸出双臂

太阳滴血

滋养

沙漠中的蜥蜴

人类的迁移和聚集

竟让山野布满死亡的气息

茫茫大漠

马头琴早已嘶哑

月牙刀也难觅踪迹

只有西北方向的沙尘暴

是成吉思汗

千年不语的叹息

英雄走了

长调已古　篝火已熄

我看见

那只蜥蜴

爬上干枯的胡杨

歇息

秋天像一个冷静的杀手——悼故人

凋敝的季节

秋天像一个冷静的杀手

话语少得出奇

他瞄准了谁，你，是你吗

你太大意，“诗丛中的荆棘算不了什么

我会找一个地方好好休憩”

鼾声暴露了目标

子弹循迹而去

细小的气味在游走

你在冰冷的地带保存体力

我俯身轻吻你的额头

硕大的头颅

惊讶地发现，你脸上的沟壑都填平了

你写下了一些话

字迹太潦草，你在鞠躬

深深地弯下腰

“我缺席你们欢乐的聚会，这是死亡给予我的权力”

端详

我的身影，落在哪一笔的毫尖
略一停顿，收住了一袭月光

下乡

住进农家

想闻一闻草的味道

月光下，草垛缩成一堆

老鼠窸窸窣窣

黄牛甩甩尾巴

慢慢嚼草

山峦被月光抚摸得有点兴奋

树林渐渐开朗

虫鸣从地底钻出

它知道，天籁般的表演就在此刻

听着月光下的声响

睡不着，披了一件衣服

走到屋外的木栏杆边

点燃一根烟，烟头红红的

深吸了一口，有点晕

这种晕和着松林草香

啊，是十五岁时的感觉

山路宛若蛇形的诗行

那是王羲之的书法

袒露旷野的豪放

我的身影，落在哪一笔的毫尖

略一停顿，收住了一袭月光

重回故乡

完整变得残缺

洁净变得斑驳

多少次如洗的月光

划过窗棂

一寸一寸的岁月

轻轻流过

月色照在少年的脸庞

初开的情窦

绽蕾在月桂树上

炉膛早已熄灭

妈妈的炒菜依旧浓香

葡萄架的绿荫不见了

却还能感到

父亲手摇蒲扇送出的凉爽

最喜欢吃妈妈包的粽子了

绿绿的粽叶，白白的糯米

把山的厚重和田野的芳香
装进我的胸膛
带着它我走出大山好久好远
今天又回到这里
当年的一切
是那样的陌生和熟悉

述说曾经有过的传奇
热泪流淌无限的感伤
与滑稽和苦涩聚会
用清澈的溪水淘洗
挥之不去的隐秘

无法叛离

大雁之歌

大雁只有高飞

才能看到山峦起伏

大雁只有奋飞

才知道寒风只从双翼下划过

没有一寸土地

属于大雁

但它却阅尽

人间山河

蜻蜓之死

一只蜻蜓

在花园里来来去去

放在镜子上

它的今生和来世惊人地相似

站上草尖的那一刻

它微微颤抖

蜻蜓抓住青草，攀爬

无力的草节上

硕大的头颅垂向一边

透亮的双翼覆盖身躯

扭头向着窗外

找不到一滴泪水

眼睛很亮

滚圆的复眼

映衬着窗外的楼房和树影

阅读大海

潮汐一遍一遍

翻卷大海的册页

总也读不懂

它的情绪

大海焦躁地

将自己掷向礁石

词语碎裂

天际深处

海风收拢残片

重新鼓起

阅读大海的勇气

没有一阵风是绿色的

没有一阵风是绿色的

尽管

它生长在草原

或是

苍莽的山区

充盈天地的风

不管多么强劲

都带不走

一丝丝绿色

我的眼中

没有绿色的风

春天

春天 是一只

挂在树梢上的蝴蝶

山岗

点染着

花的嫣红草的青绿

像一位少女

裙摆飘逸

蝴蝶的翅膀

在雷声中变色

关于春天的消息

关于一个陌生

和期待交织的预期

伴着潮湿 困惑和憧憬

终于在雨后

占领了这座水泥堆砌的城市

悄然滋生

翠绿的情绪

观日出

浮云把太阳拖上山顶

却被光芒

照出了浅薄

树丛，在黑夜到来时

余辉落下

最早看到黑夜来临的云

换上铅灰色的外衣

山岩隐藏在浓密的夜色里

睁大狐疑的眼睛

山风，从暗冷的沟谷中涌出

鸟儿沉默，昆虫匍匐

树丛摇摆出风的形状

尖叫，嘶鸣

为黑夜助阵

和白昼，划清了界限

森林中

森林中

树木藤蔓和落叶纠缠

腐烂滋养每一寸根系

视线可及的空间

布满迷局

晨光初起

浓雾

撕成褴褛

它对树说

别怕，我静悄悄地来

静悄悄地走

丑陋和美丽

随处拾取

时间，展开了怎样的涟漪

湖水把月亮揽在怀里的时候

天空开始袒露心迹

月亮沉入湖水

听见了鱼儿的呼吸

水的波纹

是天上的星宿和风声

共同的情感演绎

一定是风在吹拂

芦苇在摇曳

天空的心迹，在黑暗中

让乌云读懂了

它的伤疤和白昼之间的距离

长长的风摆动天空的衣角

湖水，是天空落下的一滴清泪

只能装下它的眼睛

清冷的眼睛

鱼儿在它的睫毛间游动

那一泓湖水

在天空的眼睛里

沉睡

时间，展开了怎样的涟漪

思想者

田野中的一棵树

孤傲地

向蓝天宣示沉默的力量

思想者

以四季来思考

大地羞愧

让荒草

肆意生长

呼吸

当所有的意象
都成为绝唱
伤痛
就是离别的嫁妆

『等我不太忙的时候就回来陪你』

灰色的天空

上帝在天堂的椅子上打盹

化作一位垂老的女人形象

柔弱、迟钝、疲倦

她常常坐在客厅的暗影处

漫无目的地看着电视

“哦，你回来了，儿子”

“等我不太忙的时候就回来多陪陪你”

“你忙吧，你们有自己的事情”

一切发生得太突然

我来不及抓住她

她步态蹒跚地横过天际的小路

痛苦，永远是可以更新的阶梯

袒陈在乌云冰冷的腹部下

通向哪里，我一直在走

我以为，我在努力证明自己

记忆在悔恨中聚焦

脚步声，从没有归路的世界走来
穿过门厅，上楼，然后是门把手的转动声
她的气息扑面而来
我希望它长长地停留
然而，这阵风，还是走了
随着离去，身上有一部分开始死亡
为无法挽回的追忆敞开了空间

我猝然看到一些熟悉的图像：
碎花底的连衣裙，我在她的臂弯里憨憨地咧嘴
她的脑后一条粗黑的大辫子
曾经是这样美丽
大大黑黑的眼睛，眉眼长得很开
你的孙女也像你
“你睡在我的床上吧，妈妈给你铺床”

突然，一种宁静的温柔

沿着我的脊梁蔓延

“重返家园只不过是重返母亲的坟茔”

我转过头，翕动着鼻翼

收起她的衣服

在医院

都以为他要不行了

医生下了很多次病危通知

病房里渗透着葬礼的悲哀

干枯的躯干，腹沟处拥挤着皱褶的皮

生命的洪水已经退去

一天，一阵咕咕哝哝的声音

像水一样，短促的喉音

“我打死过一个日本人，

他好年轻”

手指弯曲做着扣扳机的样子

“他好年轻，还是个娃娃”

那是七十一前的事了

儿女们都不知道这个秘密

我很震惊，和他的苍老相比

那个被他终结的生命

又长出了鲜嫩的枝椏

“不要想这些事，你会好起来的”

谎言，是一头长着两个舌头的怪物

它说，瞬间是真实的

只是，一直在向黑暗处滑动

街上有几辆黑色的轿车

小小的窗户

几位神情凝重的人走下来

生命之钟，又一次

为某人，敲响了永恒的时刻

树杈间的光晕

平静地模糊着街道上方的天空

我赶紧走了几步

一辆救护车，呼啸而去

身后留下血色的谜团和红色的十字

陪老父亲在病房里喝酒

他在病床上躺了两年

一层皮松软地粘连在骨头上

输液的血斑沉积

尽管，他常常记不住一小时前的情景

却无法忘记，往昔

想以回忆的名义缓缓道出

记忆的密码在行走

拿开自己的视线

目光投向哪里

与逝去的容颜对话

在黑暗中交流

它捂住嘴：你是谁？

月光，在窗前迟迟徘徊

轻轻推了推窗

我思量着

从哪里进入他的思绪

摸了摸他的光头

这个问题，以沉默凝视我

漫长而奇异

“九十三岁了，只剩下空皮囊了”

他叹了口气

哆嗦着端起半杯白酒

“我喝了一辈子酒，每天只喝一丁点

酒这东西，多喝有害，少喝有益”

我笑了笑，和他碰了碰杯

还能喝多久呢

时间停不下来

他打呼噜很响

后来就听不到了

他再也没有醒来

父亲，退回到时间深处

这是一个事物消失的季节

雨，零零散散

树叶慢慢听风走近

翻转着思考

秋天

在殡仪馆举行的葬礼

黑色吸收反光

表情开合思念

安慰谁呢？

“他在的地方很安静”

“再也听不到他的呼噜声了”

我开始哭泣

时间停不下来

墙上挂的是哪一天的情绪

生气的时候觉得很失败

完美更是不可能

就像面对一堵透明的墙

沮丧如潮湿的衬衣包裹身体

有时候，疯狂的情绪挥舞着斧头

真想砍向哪里

我不属于自己

我属于我的情绪

你说太愚蠢

太不可理喻

还不如一头撞在枕头上

那样，发泄就不会伤到自己

好吧，好吧

我问你一个问题

住在透明的房子里

能不能在墙上开扇窗子

你狡猾地说：

那要看，你面对的是哪一堵墙

墙上挂的是哪一天的情绪

我们怎么了

烦闷的上午

什么都看不进去

拿起卡佛的小说

一个失业的男人，蜷曲在沙发上

一直待着，流满一地的冰淇淋

闪烁的电视画面，无聊的香烟在上升

窗外，一段秋雨的末端，停靠山边

深翠在起伏

拿出手机，掂量了好久

还是给女儿发了一条短信

“你还好吗？”

“你干吗，怎么了”

“我是你的爸爸，我问问你

怎么了，我们怎么了”

生硬的回答袭击了我

深秋时节，一场秋雨，一场寒

我加了一件衣服，还是冷

又加了一双袜子

背上发凉

我开始翻找，过冬的棉背心

两条路

两条路

从山坡的两侧向一个村庄汇聚

那里，站立着一棵树

很远的地方就能看到

它已成了一个称呼：

那棵老树

那个大树的村庄

两条路，总在这棵大树下碰面

只有路和树才知道它们谈了些什么

也许是天气

也许是情绪

两条路，从树底下走开

远去、消失

可能，再没有相遇

阴沉的海岸

没有什么比阴沉更令人沮丧的了
海岸线和天际
靠得这样紧密

也许，一场不期而遇的冬雪
让孤寂
变得令人回味
前景和背影
浑然一体

踏沙的脚印
左右相对，深浅不一
那一叶孤舟
等待，柔软的雪花
与他相依

太阳的眼泪

没有了你的讯息

太阳，就从树梢落下

点燃

我眼中咸涩的泪滴

两个衣架

一根晾衣绳上

挂着两个衣架

那上边

挂过你的衣服

挂过我的衣服

如今，两个衣架

一个空了，还有一个

站着一只麻雀

好像挂着一颗心

静静地，在风中晃荡

烟花如雨

除岁的夜晚

心愿

在烟花的绚烂中

碎裂

新春气象

如盛开的腊梅

令这浑浊的空气

多了几分

久别的期许

烟花，在绚烂之后

飘零

我打着无边的心伞

在烟雨中漫步

那黑色苍莽

沉入

深深的迷茫

远处传来

爆竹声响

那斑驳的光影

是否就是

默默的祈盼之光

无所依傍

骄傲的飞翔

一次骄傲的飞翔

才知道

阳光是这样刺眼

想抓住风的轨迹

无奈

漫天黄沙

双眼迷离

当所有的意象

都成为绝唱

伤痛

就是离别的嫁妆

梦中走来

你为什么不从梦中走来

让丁香花独自

在夜色中盛开

飘逸的月光孤独地覆盖

风吹过 冷冷地惨白

你为什么不从梦中走来

云在走

灵魂却无助地等待

忧伤的快乐

我把忧伤的快乐

送给你

就像翠叶上滚动的雨滴

我把忧伤的快乐

托付你

只想偿付并不久远的预期

我把快乐送给星空

忧伤留下

枯黄的树叶　茎脉

依然清晰

今夜听雪

你在窗前听雪

雪

收敛翅膀了吗

像和大地有个约定

依附着

安静地入睡

风掠过窗户

你想告诉风

雪白的世界

太冷

你打开窗

把风拥在怀中

树的倒影

树的影子倒映在水中的时候

它把立场

交给了风

它的心思

连水也不知道

树的影子呀

总也长不大

却在柔软的水中

表演着风

从我的眼睛看出去

她的背影

像一枚黑黑的眸子

端详它

看到的是自己的心思

从我的眼睛看出去吧

哪怕是片刻的停留

也会有不一样的光景

列车上

好看的女人头像

映在隔板上，高鼻梁、鹅蛋脸

一只蜻蜓落在她的发髻

我的目光追寻

你回头看了看

发现了这个秘密

为什么，你也是这样

思绪飞扬，爱上心中的想象

一颗种子落下，枝蔓开始生长

和站台上的老妇人告别

说些什么呢，浅浅的微笑

风是信使

指尖传递问候

怎样的聚合分离

为何在这个小站

淡淡地挥手

在隔板后面，你拿出了一支唇膏

在描摹，仔细地寻找

美丽的曲线，停顿，拉长的音符

找到你了吗

青春气息的流淌

车轮把风景拉开

夕阳穿透雨云，丛林跃向山岗

对话奇幻，更像是独白

去远方的路上

风，卷乱了书页

字迹翻飞

每个故事，幽远绵长

月亮下的发现

离开家的时候，你拍月亮

很清亮，不圆

刚才，你又在拍月亮

想分辨，你看到的真实

这一轮月亮，黄黄的，也不圆

对面大厦的灯光

璀璨耀眼

你说，亲爱的，尖塔顶上

有一群鸟在飞，夜里十一点

你戴上眼镜，拿出长焦相机

镜头里，有一群黑点，是鸟

和月亮一样，喜欢在高处

这是一个愉快的发现

我说，睡吧，你拉上窗帘

它摆动了一会儿

停了下来

图书在版编目(CIP)数据

走过记忆/刘海星著.—北京:商务印书馆,2013
ISBN 978-7-100-10332-9

Ⅰ.①走… Ⅱ.①刘… Ⅲ.①诗集—中国—当代
Ⅳ.①I227

中国版本图书馆 CIP 数据核字(2013)第 240125 号

走过记忆
刘海星 著

商务印书馆出版
(北京王府井大街36号 邮政编码 100710)
商务印书馆发行
山东临沂新华印刷物流
集团有限责任公司印刷
ISBN 978-7-100-10332-9

2013年11月第1版 开本 880×1230 1/32
2013年11月第1次印刷 印张 7 插页 4
定价:28.00元